文：〔加〕乔丹·斯科特　图：〔加〕西德尼·史密斯　翻译：刘清彦

我说话像河流

北京联合出版公司

每天早晨

有许多词语的声音

醒来时，

围绕在我四周。

松……松……
松树伫立在窗外。

乌……乌……
乌鸦停在树枝上。

月……月……
月亮渐渐在天空消失。

每天早晨醒来时，
这些词语的声音
围绕在我四周。

我却没有办法将它们说出来。

松……
　松树在我嘴里
　　长出根，
　紧紧缠住
　　我的舌头。

乌……
　乌鸦卡在
　　我的喉咙
　深处。

月……
　月亮在我嘴唇上
　　施了魔法，
　　　我只能
　　发出咕哝声。

每天早晨醒来时,
这些词语的声音
都卡在我的喉咙里。

我安静得
像块石头。

我默不作声地吃着燕麦片,
一语不发地准备面对这一天。

在学校，我躲在教室最后一排，
希望自己不用说话。

只要老师问我问题，
全班同学都会回头看我。

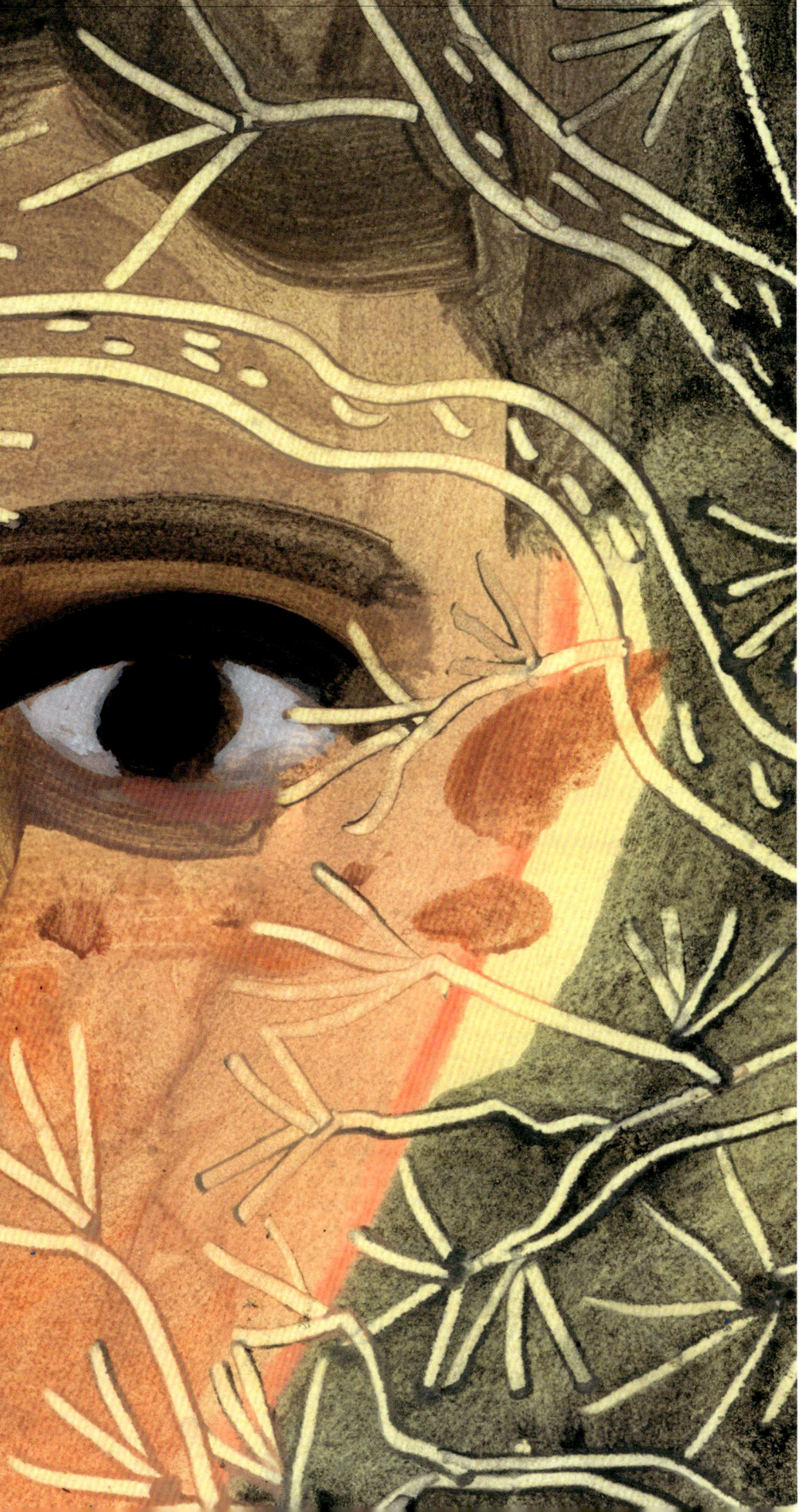

他们看不到
　松树从我嘴里
伸出来，
　　只看到舌头。

他们听不到
　我喉咙里的乌鸦
　　发出呱呱的叫声。

他们也注意不到
　我嘴里的月亮
发出耀眼的光芒。

他们只听见我说话的方式和他们不一样。
他们只看见我奇怪的面部表情，
还有无法隐藏的恐惧。

我的嘴里塞满了
早晨的那些词语，
无法正常说话。

上午总是很难熬，
今天上午尤其艰难。
我说话时
卡得比以前
更严重。

老师说，
每个人都必须上台
分享自己
最喜欢的一个地方。

今天轮到我了，
我的嘴巴
却说不出话来。
我好想回家。

爸爸到学校接我。
"今天只是说话不顺畅而已,"他说,
"我们去个安静的地方吧。"

爸爸带我来到河边。

我们沿着河岸,
边走边寻找彩色的石头和水椿象。

单独和爸爸在一起，
安安静静的，感觉真好。

我还是忍不住回想，
今天说不出话的时候：

一双双眼睛，
盯着我的嘴
扭曲歪斜。

一张张嘴巴，
咯咯地笑
或哈哈大笑。

我的心里涌起了风暴；
双眼满是雨水。

爸爸见我很难过，伸手搂着我，
他指着河流说：

"看见水怎么流动了吗？
你说话就像那样。"

我看着河水。

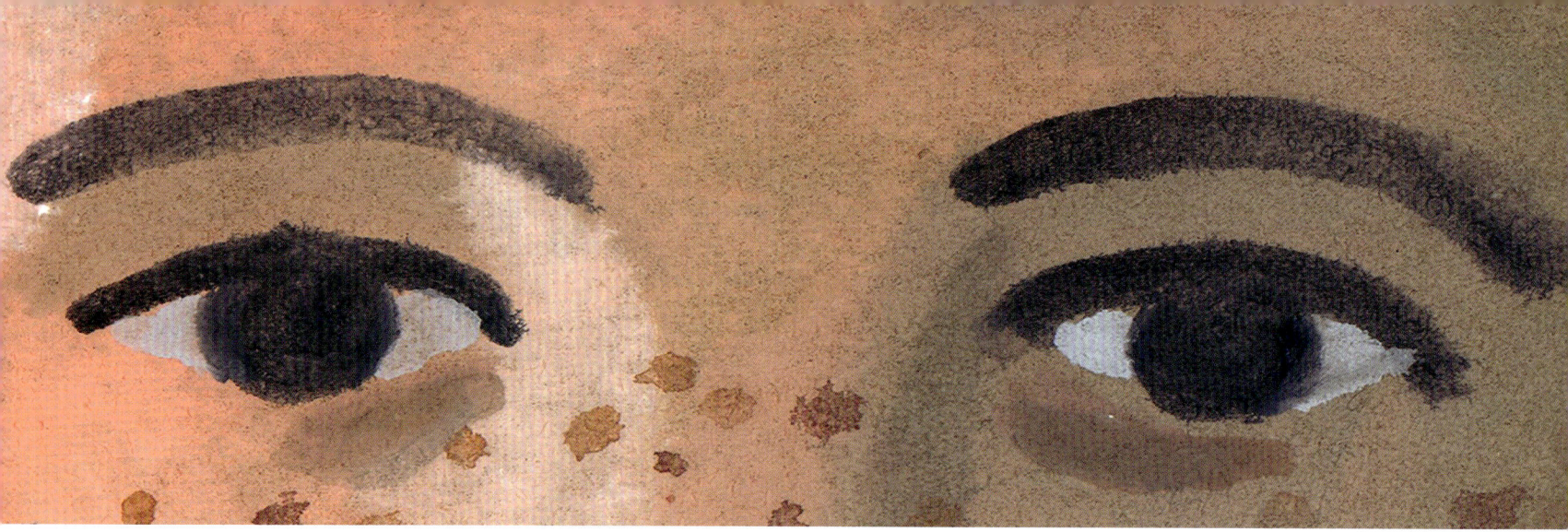

水花四溅，

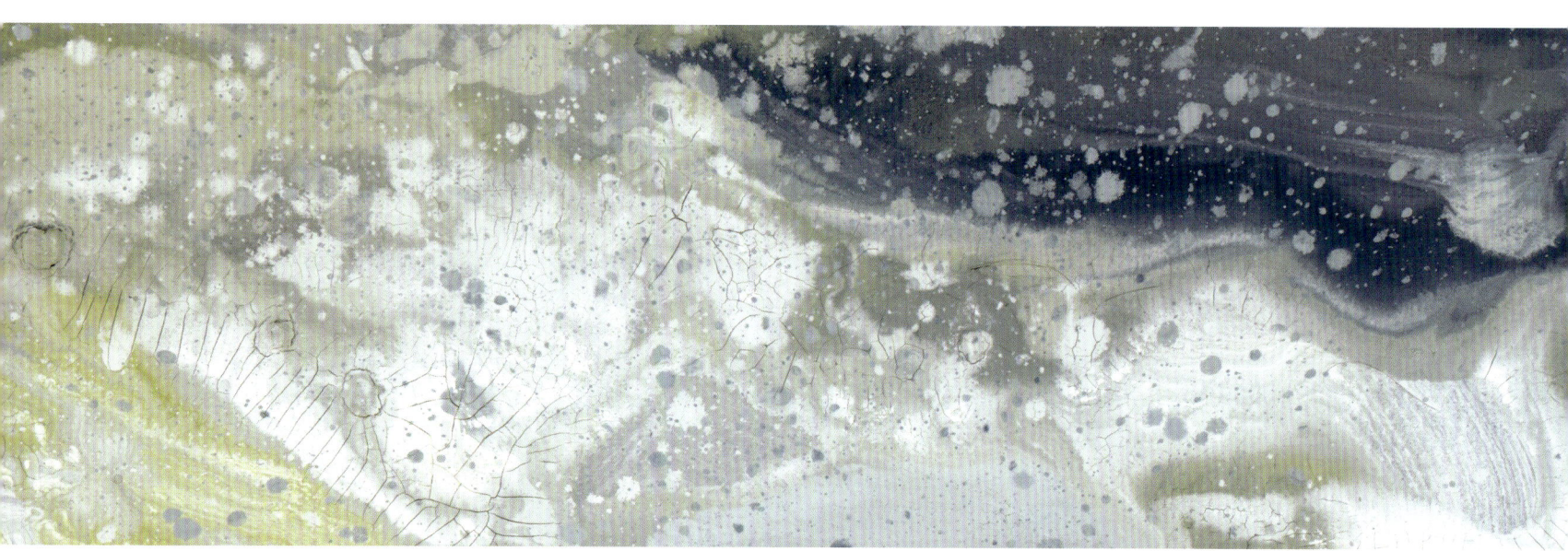

急流回旋，

翻滚奔腾,

拍打冲击。

爸爸说，我说话像河流。

我要记住这句话，
好让自己不再哭泣——

    我说话像河流；

不再害怕说话——

    我说话像河流。

当围绕在我四周的词语很难说出来时,
我就会想起那湍急的河流。

水花四溅,

翻滚奔腾,

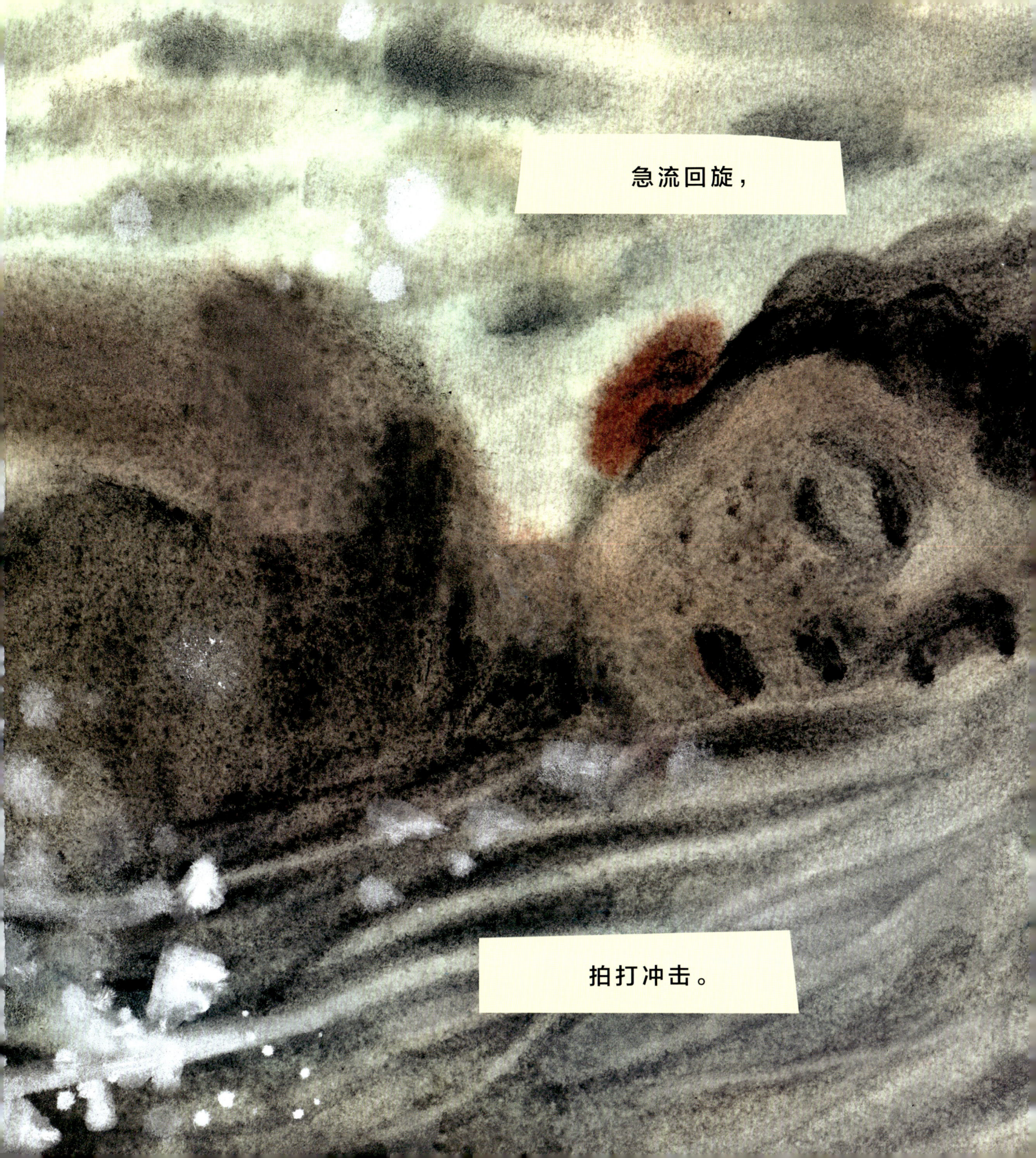

我也会想起急流过后平静的河面，
那里水流通畅，波光粼粼。

我的嘴巴就是这样动的。

我就是这样说话的。

就算河流也会有不通畅的时候，

像我说话一样。

早晨醒来时，
　　有许多词语的声音
围绕在我四周。

我来到学校,在全班同学面前,
分享自己最喜欢的地方。

我说的就是那条河,

而且,我说话像河流。

我如何说话

当我还是孩子的时候,爸爸偶尔会在我说话不顺畅的时候来学校接我,带我到河边。在那样的日子里,我的嘴似乎失去了说话的能力,吐出每一个字都非常痛苦,来自同学的嘲笑也让我难以忍受。我只想安安静静的。我们沿着河流打水漂、看鲑鱼、抓虫子和采黑莓,一句话也不说。

有个特别的日子,我们静静地看着冲击河岸的流水时,爸爸说:"儿子,你看见水怎么流动吗?你说话就像那样。"

口吃经常会引来嘲笑,因为那看起来很不正常。对许多人来说,看着和听着口吃的人说话并不是一种舒服的体验,因为语言和声音超出了他们的容忍极限。听的人期待流畅或"正常"的说话方式,实际却是从扭曲的嘴巴里发出来的奇怪的声音。口吃就是说话不流畅,我的语言治疗师过去常常说,说话流畅是一个终极目标。

然而在河边,我学会了用不同方式思考"流畅"。河流都有河口、汇流处和主水流。河流形态天然且有耐性,永远朝着一个比自己更宽广的地方前进。但是,河水流动也会有不通畅的时候,像我说话一样。

花点时间听听你自己是怎么说话的。你是怎么发出声音的?如果你过分专注于自己说话的感觉,会发生什么事?你身体里什么地方能够感觉到那些词语?你说话是没有间断还是犹豫不决?说错话、忘词,或是一开始就找到正确的词语很困难,这样的情况你多久会发生一次?你会不会偶尔害羞得不敢开口说话?你会不会有时候一句话也不想说?

爸爸带我到河边,我就不会觉得那么孤单了。当他伸手指着河流的时候,他用画面和语言来谈那些说不出口和令人恐惧的事儿。这样一来,他将我的口吃和自然世界的活动联系在了一起,我很高兴在身体以外的地方看到自己的嘴巴如何说话。

每个口吃的人表现都不一样。口吃也不单单是说话结巴,而是一系列与语言、声音和身体密切相关的复杂活动。口吃不仅是我自己的问题,也是许多口舌不灵活的人每天面临的问题:如在餐厅点餐、和人聊聊天气,或是和自己所爱的人交谈。口吃让我感觉到深刻的联系,也感觉到深深的孤独,那是一种令人战栗的美丽。有时候我想坦然无惧地开口,有时候我也想优雅、有技巧地说话,用所有能想到的词语流畅地说话,但那不是我。

我说话像河流。

乔丹·斯科特

献给我的父亲罗伊·斯科特。　——乔丹·斯科特

献给我的儿子萨尔瓦多。　——西德尼·史密斯

若没有拉腊·勒穆的友谊、智慧和了不起的编辑才能，
《我说话像河流》这本书根本无法问世。
感谢希拉里·麦克马洪对我和这个故事有信心。
也要特别感谢西德尼·史密斯卓越动人的图画，
还有尼尔·波特无可比拟的眼光，让这本书得以出版。
谢谢在墨西哥瓜纳华托某处的阿努杰·帕里克帮助润饰文字。
当然一定要感谢我的母亲维希亚·库亚娃给我写诗的天赋，
还有家人萨默、罗恩和萨夏给我前进的动力。

——乔丹·斯科特

图书在版编目（CIP）数据

我说话像河流 /（加）乔丹·斯科特文；（加）西德尼·史密斯图；刘清彦译 . -- 北京：北京联合出版公司，2021.9（2024.1 重印）
ISBN 978-7-5596-5324-6

Ⅰ.①我… Ⅱ.①乔… ②西… ③刘… Ⅲ.①儿童故事 - 图画故事 - 加拿大 - 现代 Ⅳ.①I711.85

中国版本图书馆 CIP 数据核字 (2021) 第 105678 号

北京市版权局著作权合同登记　图字：01-2021-3100

I Talk Like A River
by Jordan Scott and illustrated by Sydney Smith
Text copyright © 2020 by Jordan Scott
Illustrations copyright © 2020 by Sydney Smith
This edition arranged with Holiday House Publishing, Inc., New York
through Big Apple Agency, Inc., Labuan, Malaysia.
Simplified Chinese edition copyright © 2021 Beijing Cheerful Century Co., Ltd.,
All rights reserved.

我说话像河流
（启发精选世界优秀畅销绘本）

文：〔加〕乔丹·斯科特
图：〔加〕西德尼·史密斯
翻　译：刘清彦
选题策划：北京启发世纪图书有限责任公司
出 品 人：赵红仕
责任编辑：牛炜征
特约编辑：夏　末
特约美编：梁　琴

北京联合出版公司出版
（北京市西城区德外大街 83 号楼 9 层　100088）
北京盛通印刷股份有限公司印刷　新华书店经销
字数 30 千字　635 毫米 ×965 毫米　1/8　印张 5.5
2021 年 9 月第 1 版　2024 年 1 月第 5 次印刷
ISBN 978-7-5596-5324-6
定价：53.80 元

版权所有，侵权必究。未经书面许可，不得以任何方式转载、复制、翻印本书部分或全部内容。
本书若有印装质量问题，请与印刷厂联系调换。电话：010-52249888 转 8816